De pajaritos y pajaritas

Editorial Bambú es un sello
de Editorial Casals, SA

© 2017, Gustavo Roldán,
por el texto y por las ilustraciones
© 2017, Editorial Casals, SA
Casp, 79 – 08013 Barcelona
Tel.: 902 107 007
editorialbambu.com
bambulector.com

Diseño de la colección: Miquel Puig

Primera edición: febrero de 2017
ISBN: 978-84-8343-505-2
Depósito legal: B-4219-2017
Printed in Spain
Impreso en Índice, SL
Fluvià, 81-87 – 08019 Barcelona

DE PAJARITOS Y PAJARITAS

Gustavo Roldán

EDITORIAL

H

abía un pajarito que saltaba de rama en rama. Así recorría el mundo entero. Saltando y cantando.

También había una pajarita que cantaba. Vivía a cuerpo de reina en una hermosa jaula. Nunca le faltaba comida, ni calor en el invierno ni brisa fresca en verano. Y siempre, siempre cantaba.

Cantando y saltando, el pajarito llegó hasta donde estaba la pajarita.

–¡Caramba! Qué bonito cantas –dijo el pajarito.

–Sí, sí. Siempre me lo dicen –contestó la pajarita estirando el cogote, presumida.

–Vamos a pasear un rato entre los árboles, pajarita.

–No, no. Aquí estoy muy bien.

–Podríamos ir a picar algo. Conozco un árbol con las ramas muy podridas. Está repleto de gusanos deliciosos.

–No, no. Yo como puntualmente a las doce, cuando me llenan el pote de semillas.

–Yo como puntualmente cuando tengo hambre...

–Además podría llover –dijo la pajarita.

–Todavía no es época de lluvias, pajarita, pero cuando llueve me encanta refugiarme entre los árboles escuchando el tamborileo de las gotas sobre las hojas.

–Muy bonito, sí. Pero te mojas las plumas y quedas hecho un asco.

–Sí, pero cuando deja de llover abres las plumas, las sacudes así, así y así, hasta expulsar toda el agua. Luego vuelves a esponjarte para que el sol las atraviese y te seque. Es muy agradable. Y después se puede contemplar el arco iris.

–¿Arco iris? ¿Qué es el arco iris? –preguntó la pájara intrigada.

El pajarito le clavó los ojos muy serio.

–Si no sabes lo que es el arco iris es que llevas demasiado tiempo en esa jaula, pajarita. Supongo que desde aquí es imposible verlo, con tantos edificios delante. ¡Esto no puede ser!

»Volveré mañana con unos amigos. Bailaremos la danza de la lluvia para ti. Después te llevaremos a un buen lugar para que puedas ver el arco iris.

La pajarita se quedó en su jaula. Ya no cantaba. En lugar de cantar, pensaba en qué sería aquel asunto del arco iris.

A la mañana siguiente, el pajarito volvió acompañado de dos amigos. Traían unas cuantas briznas de pasto en el pico.

Se posaron en una rama, junto a la jaula de la pajarita, y comenzaron a cantar y bailar la danza de la lluvia:

–¡LLUE-VE, LLU-VIA!, ¡LLUE-VE, LLU-VIA!,
¡YA!, ¡YA!, ¡YA!...

   ...¡LLUE-VE, LLU-VIA!, ¡LLUE-VE, LLU-VIA!,
¡YA!, ¡YA!, ¡YA!

Así pasaron tres o cuatro minutos, ante la desorbitada mirada de la pajarita.

El cielo se llenó de nubes negras que, inmediatamente, escupieron un montón de lluvia.

–Ahora confía en nosotros –dijo el pajarito mientras sus dos amigos ataban las briznas de pasto a los barrotes de la jaula.

–¡No! ¡No! –gritó la pajarita.

–Confía en nosotros –repitieron los tres pajaritos a coro.

Y se llevaron volando a la pajarita con jaula

y todo. En medio del vuelo, el chaparrón se hizo aún más fuerte.

Cuando llegaron a las afueras de la ciudad, estacionaron entre las ramas de una enorme higuera y acomodaron la jaula sobre una horqueta.

–¿Te gusta el repiqueteo de las gotas sobre las hojas, pajarita? –preguntó el pajarito.

–Solo oigo un insoportable ruido a lata sobre el techo de mi jaula. Estoy mojada hasta los huesos. Me muero de frío.

–Sacúdete, pajarita. Abre tus plumas y sacúdelas de lado a lado, así...

La pajarita lo intentó. En el intento, se estampó las alas, las patas, las plumas y la cabeza contra los barrotes de la jaula.

–¡No funciona! –gritó la pajarita–. Sigo empapada y ahora me duele todo el cuerpo, ¡pajarraco!

–¡No se hable más! –dijo el pajarito agarrando una de las briznas de pasto que ataban la jaula. Sus amigos se acercaron y, entre los tres, remontaron la jaula en el aire. Tiraron y tiraron de las briznas, hasta que los barrotes cedieron. La jaula se abrió como una flor.

La pajarita quedó pataleando en el aire, cayendo en picado.

—Me parece que no sabe volar —dijo uno de los pájaros.

—Sí, sí. No tiene ni idea —dijo el otro.

—No, no. Ni la menor idea —dijo el pajarito.

Los tres pájaros se lanzaron tras la pajarita, la agarraron en el aire, levantándola en vuelo, para posarla otra vez sobre una rama de la higuera.

La pajarita se acomodó refunfuñando debajo de la hoja más grande que encontró.

El pajarito la observaba atento, con miedo de haber metido la pata.

Un rato después, la pajarita parecía recon-
fortada con el repiqueteo de lluvia sobre su
techito verde.

Al pajarito le pareció que ya estaba bien
de aguaceros para una pajarita que se moja-
ba por primera vez al aire libre.

–¡Vamos a bailar la danza de parar la llu-
via! –dijo llamando a sus dos amigos.

Y los tres pajaritos pusieron manos a la obra:

–¡PA-RA, LLU-VIA!, ¡PA-RA, LLU-VIA!, ¡YA!, ¡YA!, ¡YA!...

...¡PA-RA, LLU-VIA!, ¡PA-RA, LLU-VIA!, ¡YA!, ¡YA!, ¡YA!

Así pasaron tres o cuatro minutos. El cielo comenzó a despejarse.

El sol brillaba otra vez.

El pajarito se acercó a la pajarita, tímido.

–¿Cómo estás, pajarita?

La pajarita miró hacia el sol, entrecerrando los ojos. De repente, sacudió las plumas, salpicando al pajarito hasta dejarlo más empapado de lo que ya estaba. Se sacudió hasta quedar hecha una esponjosa bolita de plumas.

El pajarito dio dos pasos al costado y se pegó a la pajarita.

El cielo lucía completamente despejado, con un sol que lo calentaba todo.

–Ya debería haber aparecido el arco iris –dijo el pajarito, susurrando.

–¿Siempre, siempre hay arco iris después de la lluvia, pajarito?

–No… No siempre. A veces puede fallar –contestó el pajarito–, pero la próxima vez…

–¡SHHH! Calla, tonto. Que esto me está gustando mucho –dijo la pajarita, apretujándose contra el pajarito.

Los otros dos pájaros, discretos, se hicieron a un lado.

El pajarito y la pajarita pasaron el resto de la mañana posados en su rama. Ese día, el arco iris no apareció.

«¿A quién le importa el arco iris cuando estás junto a una preciosa pajarita al calor del sol?», pensaba el pajarito.

Y, a juzgar por la cara de gustito que mostraba, se diría que la pajarita estaba pensando en algo bastante, bastante parecido.

Bambú Primeros lectores